エッセイ

頑張って生きる「失明し透析をする」妻へ
被爆者の独り言

池田 啓一

頑張って生きる「失明し透析をする」妻へ
被爆者の独り言

池田啓一

目次

第一編　頑張って生きる「失明し透析をする」妻へ

われわれが結婚式を挙げたのは、昭和五十二年十月三十日だった。ドルショック、オイルショックと続き、世界経済は下降の一途をたどっていた時期で、結婚した当初は、子供はいらないと思った。

子供の成長に必ずしもよい環境ではないと思った。公害、いじめ、不況等生活環境が一層悪くなりつつあった。よしんば子供をつくるとしても、四十キログラム弱のきゃしゃな君の体では、出産に体力はもつまいと思っていた。

君は失明し、厳しかった子育て戦争

ところが半年後に、妊娠したのだ。すぐ近くの開業医院へ行く。腎臓の調子がよくなく蛋白が出ているので、責任が持てないとのこと、中絶しなさいの一言で妻も私も同意したのだった。そして、君の気持ちが少しでも楽になるようにと、水子の供養もした。

その後、君は通常の生活が出来る程度に体力が回復し三年間過ぎた頃、体の調子がおかしいと言う。君の体調には気を使ってはいたのだが……。いずれにしても病院は大きい所がよかろうと、市民病院で診察を受けた。

なんと、妊娠だった。私は当然、体力と年齢を考えた場合、おろした方がよいのではと言った。君は「自分の体力がもつ迄もたせてください」と懇願したことを、担当医から聞かされた。その時、それで君の気が済むならと私も同意し、予定日の五カ月前から入院した。今考えると、私が強引にストップをかけていれば、以後の君の苦労はなかったろうに！

案の定、三十二週になる前に担当医に呼ばれ、「奥さんの妊娠は強度の中毒症で腎臓機能が低下し、母子ともに命が危い」とのこと、私は当日の帝王切開で子供を出して、母体の生命維持が先決であることに同意した。子供の命は保証出来ないとのこと。君は満四十一歳を迎えたばかりの高齢出産で、苦しそうな顔をしていた。（そして、君が分娩室に入る直前、電気工事のため停電になったことを気に止めなかったが、一週間後にショックを受けることになるのだ。）

君が分娩室に入った後、私は母子ともに元気であるように祈った。子供が地球の空気を一時間でも二時間でも吸い、なるべく長くこの世に生きた証を、残してくれればと思った。

昭和五十七年二月十九日午後四時九分であった。台車に乗った補育器の中に我が子のチンチンのついた姿があった。あばら骨に皮膚がくい込んでいた。補育器に向かって、「生きろ、生きろ」とつぶやいた。頭の中は空っぽで、声は出なかった。なぜかふと、漢文で習った文章がよぎる。ああ、「此の時声無きは声有るに勝る」。涙だけが出てきた。

千四百六十グラム、ただ肺のレントゲンは真っ白で血管の発達がないらしい。今夜がヤマだと告げられる。妻はベッドの上で体力の限界まで頑張って、放心状態で寝ている。その年はソ連B型カゼウィルスが日本を覆っていた。菌が子供の肺に侵入しないことを祈った。

産後、一週間目に君が変なことを口にする。「まだ停電なの？」（真上に蛍光灯が点灯しているのに）と妻は言う。しまった、目をやられた（糖尿病の失明は聞いていたが、妊娠中毒症でもこんなことがあるのか！）。体力が戻れば視力も回復するものと期待していたが——。

産後、三週間目の眼底検査で両眼網膜変性症と診断された。他の眼科にも行った。カイロプラクティックにも泊りで通った。結論では、視力は回復の見込みがないと言う。第一のショックであった。未熟児の子供もいる。〝これは大変なことになった〟と先が真っ暗になった。他方、子供は一カ月、二カ月と生き抜いた。子供が妻より先に退院である。

それから私の子育て戦争が始まった。本能的に行動するだけで、その日その日をクリアーするのが精いっぱいの生活。一日三時間寝るだけ。寝ながら補乳ビンにミルクを入れた。あと三カ月がまんすれば、一分でも長く寝れる。仕事を終わってからの育児は厳しかった。

にぎやかな笑い声の家から暗転

産後五年間くらいまでの君の視力の状態は、直射日光に照らされた道路のガードレールとか、周りの家の輪郭がイメージ的に見えたらしい。以来、一人での外出は出来なくなっていた。

君は体調がよい時には、頑張って育児に協力してくれた。私が作ったミルクを、我が子に話しかけて飲ませている。初めは見えない赤子の顔を撫でながら、名前を呼んでみたり「よしよし」と言いながら、ニコニコ顔であやしている。ミルクを飲み終え寝顔になると、君の顔はうつろになり、赤ちゃんに向かって「お母さんはダメね！」と、つぶやいていた。

この時の君の顔は悲しそうで、くやしそうで、息子の将来でも考えているのか？　背中は曲って、急に老けた姿だった。君へ切り出す言葉が出なかった。限りなく陰《いん》の考え方の言葉になりそうで恐ろしかった。もっとも、私は、その日その日のことしか頭になかったのである。君にやさしい言葉なんぞ言う暇がなかった。すまないと思う。

息子が一歳半になって保育所に通う頃になると、君の自分をいじめるグチの回数も減り、手探りで子供の世話をしている姿は、普通のお母さんの生きいきした笑顔になった。失敗もあった。朝、子供のクツ下に左右違う色のものをはかせたのである。子供が保育所から帰ってくるなり母親の君に、「先生（保母さん）から笑われた」と告げると、君が笑い出す。子供もキャッキャッと笑って家中がにぎやかになった。夫婦にとって、この時期の一年間くらいが一番平穏だったように思う（息子の運動会で着る服の針仕事が、朝方までかかり、きつかったなあー）。

ただ、息子が一、二歳と進むうちに、風邪によるひきつけを起こすようになった。初回のひきつけの時は四十一度八分であった。三日三晩、君と交代で看病した。必死であった。五歳になった時、日赤の脳波検査で、三カ所の異状があり、薬を最低十年以上飲み続けなければならないとのこと。私の二度目のショックであった。君は私に「この子の将来はどうなるの？」と私に聞く。続けて「大人になってまで、ひっくり返っていては、職もないし、お嫁さんも…」と小声で言う。医者は、薬を飲み続けて十八歳までに治る確率は七〇パーセントと言う。君と私は寝ている息子を囲むようにして、〝頑張って、治ることに希望をもって祈る〟しか方法がなかったのである。

一九九〇年（平成二年）二月十五日、忘れもしない、早朝（二時頃）胸を押えて君が苦しみ出す。すぐ一一九番に電話するが、救急車が出払っているのか断わられる。タクシーも来ないし、近くの知人に連絡し、小四の息子に置き手紙をして日赤へ向かう。当直医が専門医でないので、朝九時まで待たされた。検査の結果は腎不全のため、肺に水が溜って本日五時から透析するというので、そのまま入院。三度目のショック。以後、君は生命が続く限り透析することになる。しかもこの頃の視力は、太陽の光を感じる程度で、完全に失明状態になった。

「一日家出」で静かに考えたこと

結婚十五年目、私は最大の危機に陥った。失明した君と人工透析に通う。さらに子供の育児、家事、労働と必死だった。オレは何のために生きているのか？　そして、とうとう「一日家出」を実行した。当時小六の息子に、お父さんはじっくり自分のこと、お母さんのこと、みんなのことを考えたいので、「一日泊まってくるからよろしくね」と言うと、息子は「うん、ボクがお母さんのこと、一日見てあげるから」と返事をしてくれた。

その日は、市内のビジネスホテルで誰もいない、結婚以来初めての自由な時間であった。ベッドに入る前にビールを飲む。飲んでいる間はやっと一人になれたと思う。飲み終わったあと、間髪を入れず家の中での二人の行動が目に浮かぶ（小六の息子が家事をしている姿が）。

この時、息子が四歳のとき、ヘルニアの手術をした頃を思い出した。そして手術の二日目には入院室のベッドの上で、「パパもうおうちへ帰ろう！」と飛びはねていた。「静かに！」。私はこの二日間、自分の子供以外、周りの子供たちの患者は眼中になかったのである。出入口の廊下側のベットに、生後三カ月くらいの赤ちゃんが泣いている。明日、腸の手術があるのでおっぱいは飲ませられないそうである。仰向けで、お腹が開いたままでガーゼがつっ込んである。小さな腸が見えているではないか。その母親は「おたくの息子さんは元気になられて、よかったですね」とにこやかに話してきた。何という強い母親か。今度二度目の腸の手術だそうである。この母親そして父親は、赤ちゃんが初めて手術する前日には、赤ちゃんの前で一緒に泣いたのだろうか？　さらに、まだ言葉もわからない小さな魂に「明日、手術が終わったら、お腹一杯おっぱいをあげるからね。もう少し辛抱してね！」と話しかけている。もう少しの辛抱、この言葉にグサッときた。四度目のショックである。他にも、もっともっと難病とたたかう子供たちがたくさんいた。

私はホテルのベッドの中で育児のこと、君の通院のこと、息子が小一の時に「自分がお母さんの面倒をみる」と言って登校拒否の始まりとなったことが頭に浮かんだ。

そして、一生懸命に生きようと努力すれば、その生命体は自然界及び宇宙から生かされている方向に向かう（宗教の有り無しにかかわらず）ように思われた。

夫婦共同でお互いの立場を理解、自覚した上で二人三脚で進める道もあれば、立場上、我が家のように片方の意志でしか行動出来ないこともある。突然の病気、自然災害、第三者からの予期しない作用とかは人間の自律神経と同じで、夫婦の力（意志）ではコントロールが出来ない場合もある。

オレには、身障者の妻と一人の息子がいるではないか！　最悪の状態でも最良の道がある。また明日から、連中（妻・子）と一緒に頑張るか、と思った途端に寝込んでしまった。

小さな波はあったものの、今度は私の突如のリストラである。それまで私は配管接手の中小企業に勤めていた。私の所属する部署に有名なわがまま重役がいたのである。「オレがゴルフの話をしているのに仕事を中止して、オレの周りに寄ってこない」「日曜日のコンペに出席しない者は協調性がない」という理由で、〝手もみ〟しない五人に退社通告を言い渡した。私は五人の中の一人に指名された。当時、私は日曜日にはボランティアで不自由なお年寄りの家の周りの掃除や草取りをしていたのである。

リストラで首、貸したお金は酒代に

以後、経済基盤が崩れることになった。結婚して第五のショックである。その日、リストラの話を君にしても一言も言わなかった。君は、私が手もみをしない男と知っていたからである。

バブル後のリストラで、私は個人で設計業をしているが、不況で設備投資もなく、従って仕事もなく、四苦八苦している。

その中で、君に内緒にしていることがある。仕事仲間の比奈氏（仮名）が、生活苦で助けてくれと言う。二カ月後にお金が入るから、「男として必ず約束は守る」と、六十二歳になる初老の男が、口ぐせのように「男は言い訳しない」と常づね言っていたこともあり、借用証を書くことで、君に内緒で三十万円をかき集めて貸したのである。

それから一カ月後に、今度は百万円貸してくれと言う。「もう、お金はない」と告げると、比奈氏は「アンタの態度はフラフラしている。もうアンタとは縁を切った」と、捨てゼリフを残して帰っていった。

しまった！　と直感し、期限の三十万円の返還を電話で要求すると、「返さないとは言っていない千円ずつ返す」と毎月千円ずつ六カ月間払うと、その後は債務不履行となった。催促しても〝なしのつぶて〟。おぼっちゃま育ちで責任感はなかったのである。酒代に消えたらしい。見事に詐欺にかかったのである。我が家の苦しい経済事情に輪をかけて苦しいのに、君よすまない！

いつの日にか息子と酒を酌み交わし

透析七年目の君は、いつか（この数年で）息子と私を残して、この世を去るだろう。一生懸命に生きた証を息子の目に残しておくれ（本当は世間並みに孫の顔が見られるまで、生きさせてあげたい）。

そして私は息子が大きくなったら、君の生き方、苦しい思い出、楽しかった一時期のことを話すつもりだ。ただし、君の出産と目の件は、人の親となったときのために取っておこう。「お前の母親は、自分の命とお前の生命と引き換え覚悟で、妊娠中毒症が原因で失明した」ことを。そして、「お母さんの苦悩の結果、お前の存在がある」ことを。そして、お母さんの苦悩とは、「お前が生れる四年前に、中絶手術を余儀なくされた。その時のくやしさの執念である」ことを。さらに、「このお母さんの執念が、生まれ変わりを呼んだ」ことを。息子と酒を飲みながら話すつもりだ。

しかし、十五年前の私自身の苦悩の〝君の命と子供の生命の選択の苦悩〟は決して言うまい（みなさんのお陰で二人とも生き残ったのだから）。

そして、私は君の残された命がある限り、長寿の神様の方向に向かって、君の手を引っ張って歩いて行こう。

平成八年六月十日

夫より　頑張って生きている妻へ

追伸

目が見えない妻はその後、平成二十一年十一月三日に室内の畳で足を滑らし、頭を机の角に打ち付けて翌日に脳出血の為、六十八歳で亡くなりました。

そして一人息子も誕生から四十年後の令和四年九月二十六日、くも膜下出血の為、逝去致しました。

短い生涯でした。

とう〳〵天涯孤独になった被爆者の私が残されました。

一生懸命に生きて仏様になった妻と息子の二人を、私の命がある限り見守り続けたいと思います。

令和四年十一月三日　記す

料金受取人払郵便

小石川局承認

6163

差出有効期間
令和6年3月
31日まで
（期間後は切手をおはりください）

郵便はがき

112-8790

105

東京都文京区関口1-23-6
東洋出版　編集部　行

本のご注文はこのはがきをご利用ください

●ご注文の本は、小社が委託する本の宅配会社ブックサービス㈱より、1週間前後でお届けいたします。代金は、お届けの際、下記金額をお支払いください。

お支払い金額＝税込価格＋手数料305円

●電話やFAXでもご注文を承ります。
電話　03-5261-1004　　FAX　03-5261-1002

ご注文の書名	税込価格	冊　数

● 本のお届け先　※下記のご連絡先と異なる場合にご記入ください。

ふりがな
お名前　　　お電話番号

ご住所　〒　　－

e-mail　　　@

ご記入いただいた個人情報は、お問い合わせへのお返事、ご注文の商品発送、新刊・企画などのご案内以外の目的には使用いたしません。

東洋出版の書籍をご購入いただき、誠にありがとうございます。

今後の出版活動の参考とさせていただきますので、アンケートにご協力いただきますよう、お願い申し上げます。

● この本の書名

● この本は、何でお知りになりましたか?（複数回答可）
1. 書店　2. 新聞広告（　　　　新聞）　3. 書評・記事　4. 人の紹介
5. 図書室・図書館　6. ウェブ・SNS　7. その他（　　　　）

● この本をご購入いただいた理由は何ですか?（複数回答可）
1. テーマ・タイトル　2. 著者　3. 装丁　4. 広告・書評
5. その他（　　　　）

● 本書をお読みになったご感想をお書きください

● 今後読んでみたい書籍のテーマ・分野などありましたらお書きください

ご感想を匿名で書籍のPR等に使用させていただくことがございます。
ご了承いただけない場合は、右の□内に✓をご記入ください。　□許可しない

※メッセージは、著者にお届けいたします。差し支えない範囲で下欄もご記入ください。

●ご職業　1.会社員　2.経営者　3.公務員　4.教育関係者　5.自営業　6.主婦
7.学生　8.アルバイト　9.その他（　　　　）

●お住まいの地域

都道府県　　市町村区　男・女　年齢　　歳

ご協力ありがとうございました。

第二編　被爆者の独り言

私は満一歳の時に長崎で被爆しました。その後、半年間に亙《わた》り下痢が続いたそうです。

私の父は海軍の軍医に所属していて、当時原爆投下直後から被爆者の救護活動をしていて怪我人の手当てをしていたそうです。

初めは大やけどの手当に包帯をしていたそうですが、すぐに包帯は無くなり以後はヨードチンキを塗るだけになったそうです。

ところで私の下痢の方は同年兵がどこからか、ドイツ製のキノホルムを手に入れ、〝骨と皮になった体がやっと生き返った〟と父が話していました。

戦後の経済の混乱の中、私は建康を取り戻して技術系の学校を出させてもらいました。

そして父は平成二年（一九九〇）、四月二十一日に大腸ガンが全身に転移し、頭が痛いと言って七十四歳で亡くなりました。

母は父と結婚する前は十七歳で神戸の洋裁店に弟子見習いとなって二十三歳で独立

し、父と結婚してからは針仕事の内職で頑張って戦後生れの三人を含め四人の子供達を育ててくれました。

その母も平成二十八年（二〇一六）、四月十六日に施設で亡くなりました。

もうすぐ九十九歳の人生でした。

さて、私は学校を卒業後、埼玉の時計工業の設計員として就職します。

不摂生がたたって血を吐いて一年後に退職、実家で一年間程休養。

それから上京し、都内のプラント設計会社に就職しました。

この会社は当時の三大プラントメーカーの協力会社で従業員十人足らずの設計会社でした。

当時のプラント業界の主流は石油コンビナート、火力発電所が主流でその他公害防止産業、昭和の後半以降は汚水・下水処理設備へと向っていました。

これら工場の立地状況は海岸線にある工場地帯にありました。

この頃、経済成長に伴う原子力発電が注目され、政府内でも早急に原子力発電の採用が検討され進行していきます（推進派として衆議院議員となった正力松太郎・中曽根康弘氏、他電器メーカーの東芝、日立が先に〝ツバ〟を付けた時期です）。

設計事務所の仕事は忙しく、出向もしていました。

私は機械系の出身でしたから、石川島播磨重工（豊洲工場）や川崎の三菱化工機の設備設計にちょくちょく出向で仕事をしておりました。

それから二・三年してからと思いますが、東芝から出向の依頼があり私の手がたまま空いていた関係で設計の応援に行く事になったのです。

その仕事の内容は福島の第一原発の仕事でした。

たしか、二号機と思いますが遠隔装置の設計及び室内の配置及び操縦装置の設計だったように記憶しています。

設備設計係長と仕切壁のコンクリート厚を遮蔽物として八〇〇ミリにするか一〇〇〇ミリにするか議論した事を覚えています（今考えてみると、いいかげんな設計だと思う）。

何と放射能の被害に遭《あ》った被爆者が放射能をコントロールする仕事の一端を手伝う事になったのです。奇遇な事でした。

それから数週間経ったある日、その時は何となく聞き流してはいた話で、東芝の担当係長からの発言と記憶していますが、「福島第一原発の敷地を炉心を冷やす系統の冷却水ポンプの揚程（総揚程と言い、ポンプの能力の事）が三十メートルしかなかったので、敷地を三十メートル近く掘削したらしい」との事。

その時は何も感じず〝ヘエー〟と思っていました。

この頃、昭和四十四年夏くらいかと思います。

出向が終わり、又事務所での仕事に戻って行きましたが、掘削の件と冷却水ポンプの事は事務所に帰っても回りの仲間には話しをしていませんでした。

それから本来のプラントの設備設計をこなして忙しく働きました。

石油コンビナート、石炭火力発電所及排煙・排脱装置、汚水下水装置、焼却炉の設計をしました。

その後、事務所を離れてからも嘱託で廃液（硫酸・塩酸等）の中性化装置の管理、河川のゴミ取り自動化装置の設計にも携わりました。

又、タンカー、バラ積、ＬＮＧ等造船の艤装《ぎそう》設計で配管装置や救命装置（造船用語ではライフラインと言う)で設備が正常に機能する為にはいわゆるウォータープルーフ(水を通さない)という概念をたたき込まれました。

そしてその後、平成六年一月十七日に独立して設計事務所を開設しました。

いよいよ運命の日が来たのです。

平成二十三年(二〇一一)、三月十一日に東日本大震災が起きたのです。

十三メートルの津波が福島第一原子力発電所を襲いました。

そもそも福島第一原発は一号機から六号機迄あって全てのタイプが沸騰水型軽水炉と言うものです。

一号機、二号機、三号機はメルトダウン(炉心溶融)し、一、三、四号機がそれぞれ水素爆発を起こしました。

これら原子炉の発電システムを簡単に言うと、炉心で核分裂がコントロールされて得られた熱により沸騰させた蒸気の力でタービンを回し、発電するもので、この蒸気は軽水(水又は重水)を使います。

そして、海水から汲み上げた冷却水でこの軽水を冷やし、冷やされた軽水が炉心を冷やします。

この軽水は又、炉心の熱を得て蒸気となって再度タービンを回転させ、軽水が循環する構造になっております。

襲って来た津波によって福島第一原発は、電源関係が浸水した事により、冷却装置が機能不全に陥り次々と事故が起きたのです。

この原発を製造したメーカーは一号機から六号機迄の全てGE（ゼネラル・エレクトロニック）がシステムの設計及び、音頭を取り、原発メーカーとして東芝と一部を日立が建設したものです。

私は被爆者として、わずかな期間でしたが福島第一原発の設計に応援として携わった者として、私なりに設備を中心に原発事故の検証をしたいと思います。

以下七項目につき、順次検証してみたいと思います。

項目一

何故、原発メーカーの列にプラントメーカーを押しのけて電器部品メーカーが参入したのか？

当時、日本の将来のエネルギー政策として力を入れていた正力松太郎（当時、読売新聞社主のち昭和三十年衆議院議員）がアメリカ及びGEと接触し、日本のエネルギー産業として原子力に大いに期待。

そして正力氏は原子力委員会の委員長になり、原子力の平和利用に賛同した東芝が原子力メーカーとして手を挙げた。

東芝は後に再生社長として昭和四十年から就任した土光敏夫氏も加わり原発に力を注いで中曽根康弘氏も強力に原発を推進した。

不思議なのは当時の三大プラントメーカーの日本揮発油（日揮）、千代田化工機、三菱化工機が参入してない事に政治的なベクトルが加わったのか残念な事でありました。

ここに電器、機器メーカーが原発に手を出した事が現場でのつまづきの始まりでした。

パン製造メーカーが飛行機を作るのと同じで「餅《もち》は餅屋」に任せるべきだった。

原発建設の工事進行過程でGEの仕様書があるとは言え、下請・孫請に頼るだけでは信頼性に欠けていた訳であります。

例として高圧タンク等の溶接では国家資格が必要な要件であり、総合的に製作された製品そのものの品質が大切なのです。

項目二

何故、原発設置予定地の小高い丘を三十メートル近く削り取ったのか?

前述のように私は東芝へ設計の応援としていた時の設計担当係長から聞いた福島第一原発の敷地（約一九〇万平方メートル）を、原子炉を冷却するポンプの性能が不足した為に三十メートル近く掘削したのはどう言う事なのか。

ポンプの仕様変更をＧＥに申し出たところ「事故が起った場合、責任が持てない」と言う事で却下されたと聞いています。

全てがＧＥ側からの気質で言うと〝言われた通りにやれ！〟と言う事に落ち着くのです。

実際にこの事が事実だとすれば素人集団が原子力メーカーのスーパーゼネコンになった事で安易な発想でしかありません。

同時に掘削した理由に立地の地盤が軟弱である為、掘り下げたとも聞きます。

現在の土木技術では掘削せずとも土地改良工事と杭等の併用で建造物の工事は十分可能です。

最近では東京湾の埋立地にどんどんタワーマンションが建てられる時代です。

建設会社とパイを分け合うという意味で、泥岩層迄〝掘削すれば解決するではないか〟との主張は第三者から見て「建設会社肥やし」だと思われても仕方ないでしょう。

工事を統括するＧＥ及び東芝の担当者は、冷却水ポンプの能力不足（総揚が三十メートルしかない）を誰に助言を求めたかであります。

長年プラント屋として私なりの対策に二通りの案が考えられます。

一つは標高三十五メートルの整地に地盤（土地）改良をし、附図１のＦｉｇ⑴に示すように中間地点に貯水槽を設け、ポンプを二台取り付ける点です。

二つ目の案は地盤改良工事の負担を半分に減らす目的であれば、附図１のＦｉｇ⑵のように標高三十五メートルの半分を掘削する方法もある。

半分の掘削で十七・五メートルとして、冷却水ポンプの能力も容易に目的を達成出来る。

従って二つの案は共に、今回の津波の高さ十三メートルをクリヤー出来た事になるのです。

項目三

一般的にプラントでは以前から海岸線の工場設備は通常「ウォータープルーフ」（水を通さない）という考え方が常識。

プラントメーカーの一貫した基本理念として「ウォータープルーフ」という概念から成り立っています。

例えば工場内電源が喪失した場合に備え附図1のＦｉｇ(3)に示すように津波が襲って来ても非常用発電機が安全に作動するようになっております。

更に給水するポンプ等は防水タイプにし、電器系統の配電盤及び分電盤はウォータータイト（防水）の扉で水が浸水しないようにしています。

又、荷物を移動する天井走行クレーンは可燃性ガスが滞留しても爆発しないように防爆タイプのモーターを採用しています（特に石油コンビナート、水と反応すると危険な化学薬品製造工場等）。

今回のＧＥの原発システムについてですが、従来アメリカでは地震もなく、津波も起こらず、基本的なシステムの中に「ウォータープルーフ」と言う考え方の導入はアメリカでは必要なかったのです。

初めて原子力メーカーとして登場した東芝としてはアメリカ式のシステムを地震の多い日本の福島第一原発にそのまま流用したのである。

東芝としてはプラントメーカーとしての経験と実績がない為、ＧＥの指示に従うしかなかったのでしょう。

そして二〇一一年三月十一日、原発を大地震と十三メートルの津波が襲って来ました。

当然ではあるが、ウォータープルーフを考慮していない訳なので、建屋一階の電源装置、地下一階の非常用バッテリーが浸水し、冷却装置がダウンする。

その結果メルトダウンし、そして原子炉建屋が水素爆発するのであります。

そして周囲に厄介な放射能を拡散させた。

本来、東電は津波直後にはシステムに関与した東芝の設備設計課長又は係長をオブザーバーとして呼ぶべきであった。

一号機のタービン建屋の上部にある通称〝豚のお鼻〟から蒸気が出た時、システムに精通した者がフローシート（系統図）を見て、吐嵯《とっさ》に非常用バッテリーの浸水で、冷却装置がダウンし、機能不全に陥ったと即座に判断出来たと思う。

そして電源喪失直後、メルトダウンする前に素早く短時間の緊急工事として、なるべく炉心近くに非常用冷却水を注入する連結送水管の送水口（建築基準法にある消火栓）を少なくとも半日の突貫工事で設置出来なかったか？　悔やまれてなりません。

項目四

建設工事に携わる技術力の不足について。

一、事故後の建屋と建屋を連絡する管路及び配管スペースの写真を見るに、配管と配管を接続する継手の溶接部が悉《ことごと》く破壊された様子が写し出された。

一般的にプラント工事で、配管溶接部の破壊テストでは附図１のＦｉｇ(4)に示すように、溶接部以外から破壊されるのが普通である。

今回の破壊された配管の溶接部では、溶接の手抜きか安い鋼管材を使用したか、又は溶接棒の安物を使用したとしか疑問を持たざるを得ない。

又、地震による三号機の冷却装置の配管の破壊も公表されている。

尚、配管サポート（支持）についても振動（地震の振れ）及び熱による伸縮を吸収するスライド方式の支持方法を採用していない場合、管の破壊の原因にもなる。

二、一号機で昭和四十九年の定期検査で原子炉の一次系ステンレス配管の応力腐食割れ、昭和五十二年では一次系ステンレス配管及び制御棒駆動機構の部品に応力腐食割れ（東電社史）。

之も又、溶接による残留応力の歪取り工程の作業をしたのか疑わしい。

更に平成十四年、一号機のシュラウド（炉内の炉心を覆う構造物）のひび割れ（週刊紙による）は工事の信頼性に欠けるものです。

三、炉心圧力容器内部を測定する温度計等機器が機能せず不良品が続出。

例えば一号機・二号機のイソコン（非常冷却装置）の作動不能（ＮＨＫ公表）で機

器の信頼性も失われている。

恐らく、予備のタンクから非常用として復水器に注入するラインで、自動弁の開閉機構の故障で動作が停止状態に？（これも早目の外部からの緊急送水が可能だったと思う）。

項目五

原発事故の製造者責任としての責務について。

ヨーロッパではメーカーの事故に対して製造者責任としての義務が科されているが、日本では未だなじみがない。

福島第一原発の場合、責任の義務を負うべきであります。

前述した通り最大の原因の一つは、項目二の敷地を過剰に三十メートル近く掘削し、津波の直接の影響を受けた事であり、もう一つは、項目三の原発メーカーとして〝水〟への防御を怠った事です。

これら二つの項目だけでもメーカーの過失が決定的であります。

ちなみに原発の事故への簡単な流れを、附図２のＦｉｇ⑸に示しました。

従って原発メーカーとして原発を統括したＧＥ、そして東芝は日立も参加させて今回の原発事故のせめてもの償いと考え、双葉町内に一万人規模の本来得意な電器部品工場を建設して、今度は地元住民の為に尽くしてほしいと願っています。

特に東芝の「物言う株主」には先頭に立ってもらって工場の建設の為に立ち上っていただく事を希望します。

項目六
今後の原発メーカーへの政府の指導について。

原発の再稼働計画も含めて、地震への指導も去る事ながら、原発メーカーには〝水〟への完全防御たる設備の必要性をアピールし、指導してもらいたいと望んでいます。

即ち、ウォータープルーフ（水を通さない）思想を徹底させてほしいと思います。

特に原発施設の場合、全施設を〝丘の潜水艦〟とするべきです。

項目七

最後に

今迄、プラント設計技術者として約五十年間働いてまいりました。

一技術者として、一被爆者としてほんの短い時間だけ原発設計者として関わりました。

個人として先の原発事故の検証を私なりに記述する事が出来ました。

又、この検証を福島第一原発の語り部として後の若い世代の方々に知ってもらいたいと思い、ここに筆を取りました。

失礼致します。

令和四年十月一日

附図1

Fig (1)

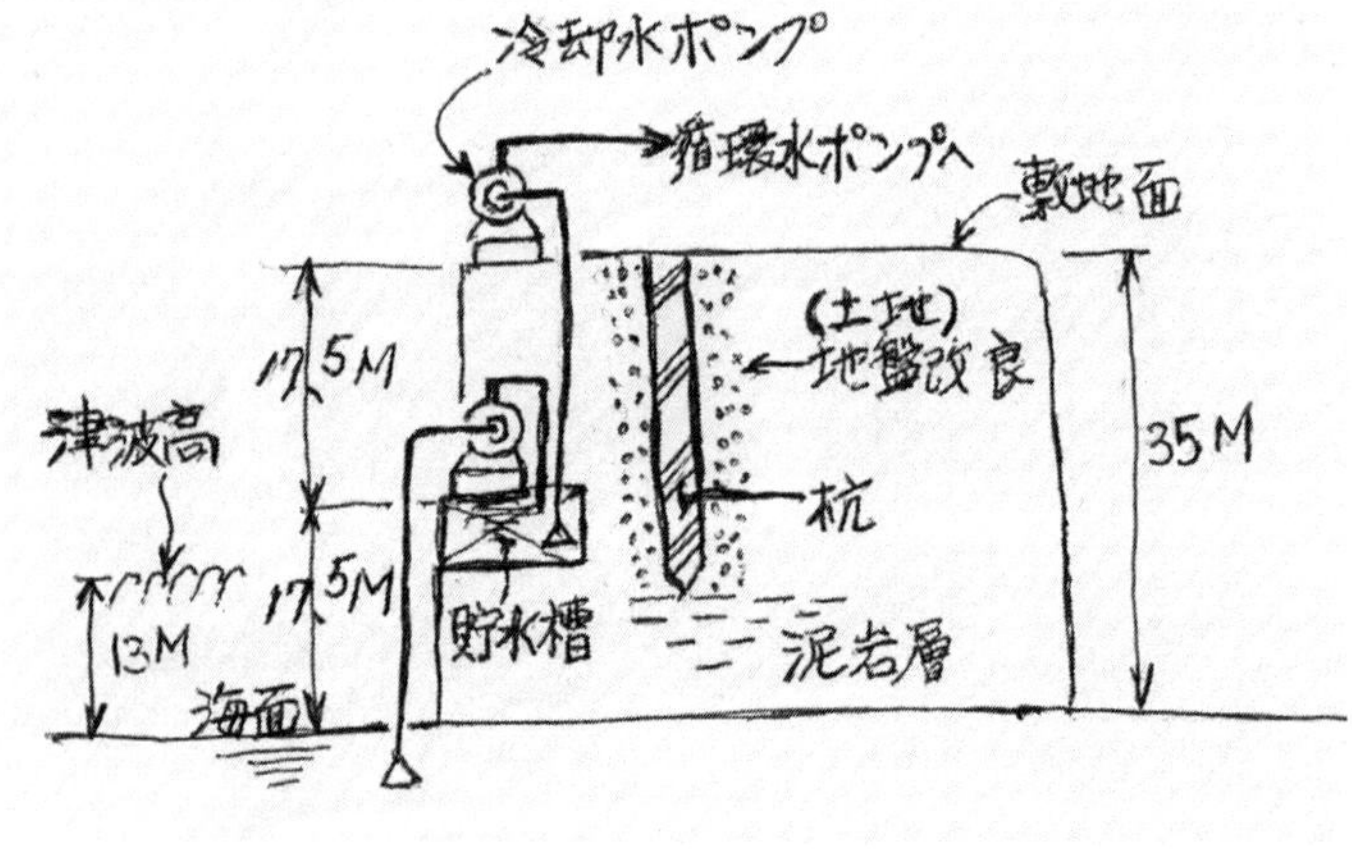

Fig (2)

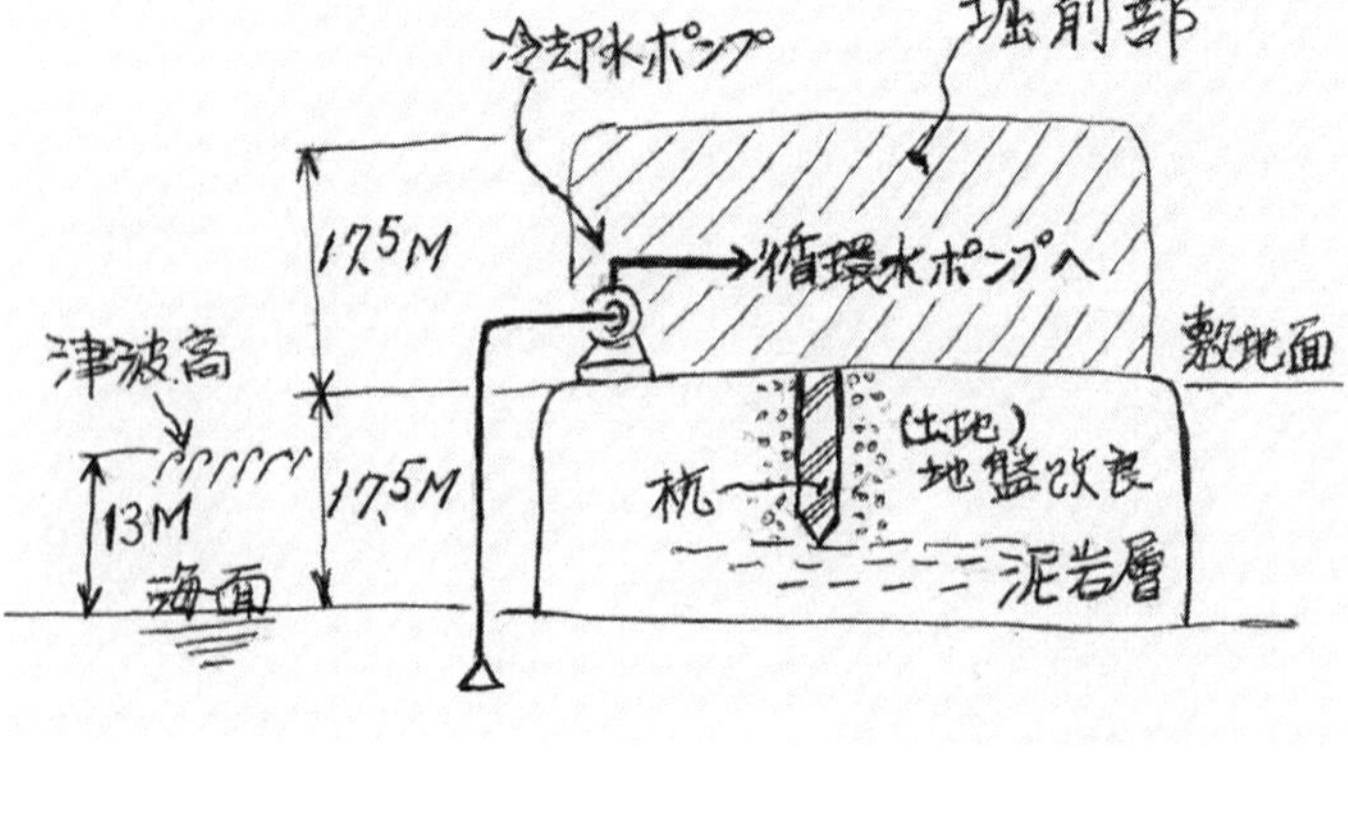

Fig(3)

（エマジェンシー・ジェネレーター）
一般のプラントメーカーの非常用発電機

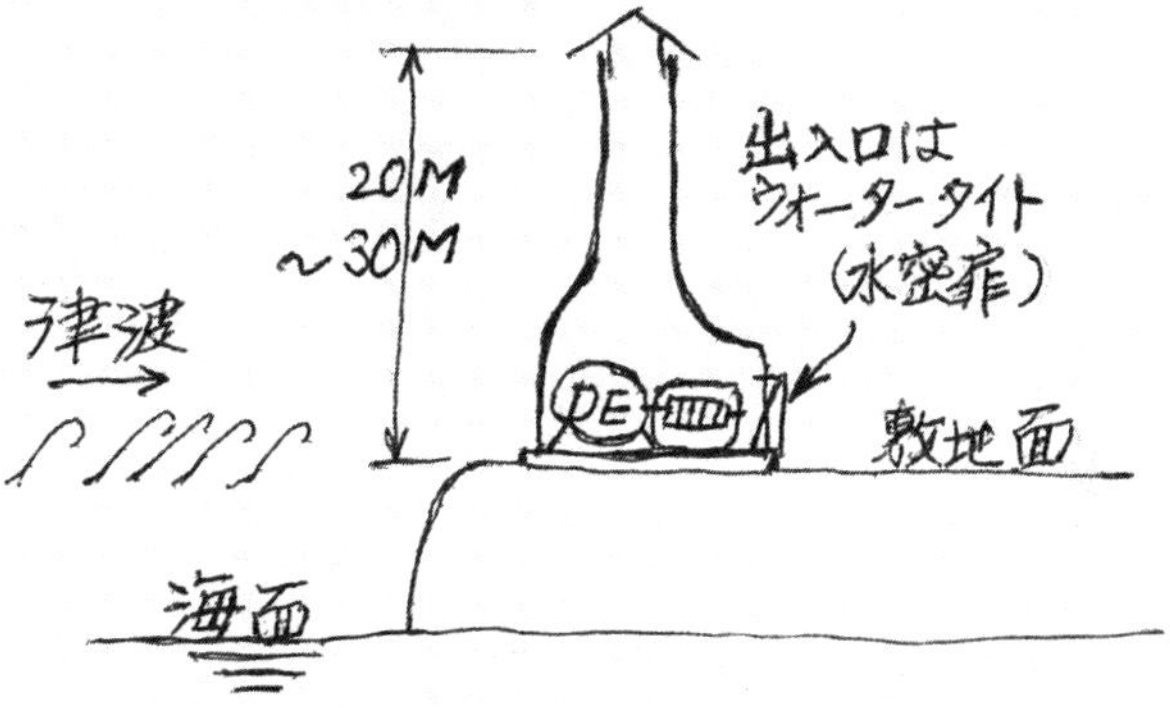

Fig(4)

本来の管溶接部の破壊テスト

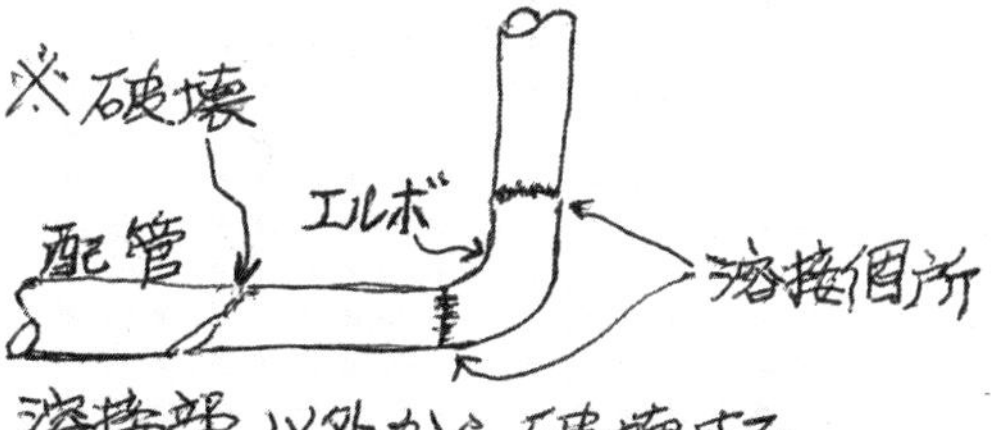

※ 溶接部以外から破壊する

附図 2

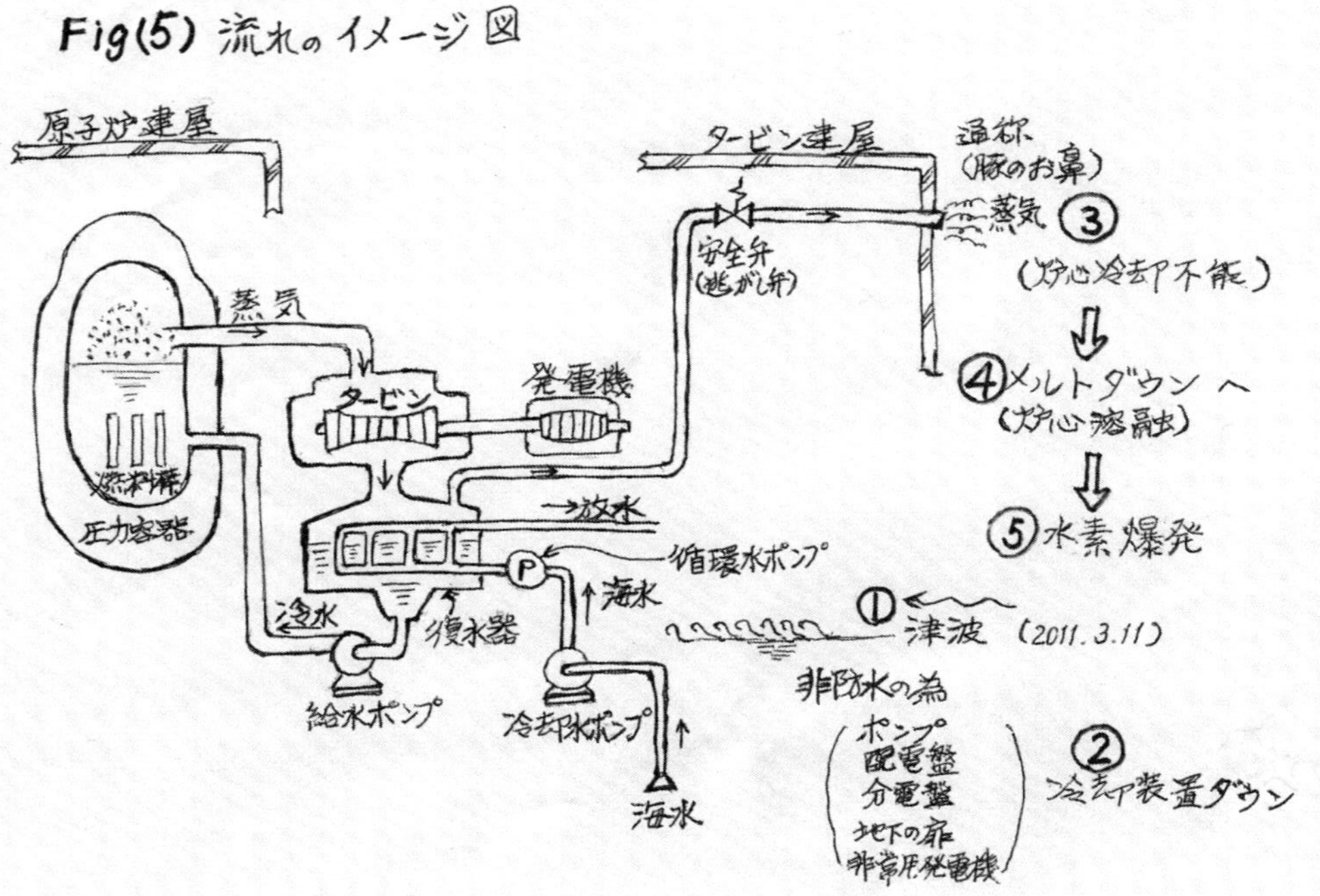

Fig(5) 流れのイメージ図
原子炉建屋
タービン建屋
通称
(豚のお鼻)
蒸気 ③
(炉心冷却不能)
④メルトダウンへ
(炉心溶融)
⑤水素爆発
安全弁
(逃がし弁)
蒸気
タービン
発電機
燃料棒
圧力容器
放水
循環水ポンプ
P
海水
復水器
冷水
給水ポンプ
冷却水ポンプ
海水
① 津波 (2011.3.11)
非防水の為
ポンプ
配電盤
分電盤
地下の扉
非常用発電機
② 冷却装置ダウン

おわりに

第一編の「失明し透析する妻へ」を書き終って、その後に妻が亡くなった時は、まだ一人息子の存在が心の支えで私なりに命のリレーは息子に託する事が私の生きがいでありました。

あろう事か、真面目一筋のその息子も亡くなる二ヶ月前迄は元気でしたが突如、人手不足の過労が原因で、くも膜下出血で四十歳の若さで他界するとは予想もしなかった事でした（現在、労災申請中）。

今となっては身を寄せ合い、支え合う一方の相方が突然いなくなり、時と共にふと寂しさが増してくる事があります。

唯一無二の存在であるパートナーが、いなくなった方々はこの世の中に沢山おられます。

病気や交通事故等、予告なしに肉親を亡くされた方は〝どう生きて行けば〟良いのでしょう。

今更、高年齢で哲学書や論理学書を読んでも答えは出ません。

かと言って不謹慎な表現ですが家族が不幸な戦争等で全員犠牲になって亡くなった家庭より〝まだましだ〟と言う比較論で解決するものでもありません。

ところで一般的に宗教で心のよりどころを求める事も一つの方法でしょうか。

心の平安を与える本来の宗教とは何でしょう。

人生が終ったら全員天国に行けるとすれば精神的な支えになるかも知れません。

天国で会える事を楽しみにして、残された者が先に仏様になった者を供養するのが生きがいとなります。

ところで話は道にそれますが天国とは何でしょう。

こうしなければ地獄に堕ちると言う「おどし」の条件付説法では心が不安定になり本来の宗教とは言えません。

「皆が平等に天国に行ける」と言うのが心の平安を得る条件でしょう。

天国とはいつも温暖で争い事もなく平和で心が安らぐ極楽なところでしょうか？

私は自宅の近くにある霊園の片隅に置かれたベンチに座って亡くなった息子に話しかけるだけで気持が落ちつきます。

亡くなった息子の生きざまを振り返り、あの時はよく頑張ったと認めてあげ、褒めて語りかける事で生きた証しを確認するようにしています。この事が安らぎ感じるように思います。

さて、私も天涯孤独にになりましたが、他にも生き方の支えを求めて苦しんでおられる大勢の方々がおられると思います。

ここに、どなたか六十歳くらいの元気な方が主導で「天涯孤独の会」を作りませんか？

私も近々ペースメーカーを入れる予定の身ではありますが体の機能が許す限り、応援したいと思います。

お互いに支え合いましょう！

又、第二編の〝被爆者の独り言〟について。

この編では原発の設備関係について問題提起をさせていただきましたが、原発メーカーの早急なる〝水〟に対応した事故防止の取り組みに期待致します。

尚、日本の一人一人の皆さんが夢の核融合反応が完成する迄のつヽなぎとして、原発及び将来のエネルギー問題に真剣に向き合うしかありません。

［著者］池田 啓一
1944年　長崎県佐世保海軍病院で生まれる。
主に設計事務所勤務にてプラント設備設計、建築設計、産業機械設計、
及び造船艤《ぎ》装設計に携わる。
のち（有）いけだ設計工房設立。

エッセイ
頑張《がんば》って生《い》きる「失明《しつめい》し透析《とうせき》をする」妻《つま》へ／被爆者《ひばくしゃ》の独《ひと》り言《ごと》

発行日　2023年3月19日

著　者　池田《いけだ》 啓一《けいいち》

発行者　田辺修三
発行所　東洋出版株式会社
〒112-0014　東京都文京区関口1-23-6
電話　03-5261-1004（代）
振替　00110-2-175030
http://www.toyo-shuppan.com/

印刷・製本　日本ハイコム株式会社

ISBN 978-4-8096-8689-4
定価はカバーに表示してあります

ISO14001 取得工場で印刷しました